时代出版传媒股份有限公司
安徽文艺出版社

灰瞳

作者介绍:

  孙启放,安徽含山人,安徽师范大学数学系毕业,长期从事高教工作,现居合肥。著有诗集《英雄名士与美人》《皮相之惑》《伪古典》《蓝》,随笔集《世界上的那点事》。获安徽省政府文学奖。

灰瞳

HUI TONG

孙启放 ◎ 著

时代出版传媒股份有限公司
安徽文艺出版社

图书在版编目（ＣＩＰ）数据

灰瞳/孙启放著.—合肥：安徽文艺出版社，2024.1
ISBN 978-7-5396-7719-4

Ⅰ.①灰… Ⅱ.①孙… Ⅲ.①诗集－中国－当代 Ⅳ.①I227

中国国家版本馆CIP数据核字(2023)第039649号

出 版 人：姚 巍
责任编辑：周 丽　　　　　　装帧设计：徐 睿

出版发行：安徽文艺出版社　　www.awpub.com
地　　址：合肥市翡翠路1118号　邮政编码：230071
营 销 部：(0551)63533889
印　　制：安徽新华印刷股份有限公司 (0551)65859551

开本：880×1230　1/32　印张：5.375　字数：160千字
版次：2024年1月第1版
印次：2024年1月第1次印刷
定价：49.00元(精装)

(如发现印装质量问题，影响阅读，请与出版社联系调换)

版权所有，侵权必究

目录

感召与破壁（陈先发） 001

第一辑

废止篇 003
致默温 004
低徊帖 005
存在论 006
物质论 007
沉浸式 008
衍生物 009
悼白衣 010
石麒麟 011
乌夜啼 012
淡黄柳 013
永无措 014
现象学 015
在泳馆 016
杞人忧 017

小生活　018

凋落季　019

剃须记　020

忧郁论　021

伤害论　022

小难题　023

清平调　024

相见欢　025

落叶赋　026

暮春帖　027

荷塘记　028

弱电流　030

立秋日　031

一只豹　032

卜算子　033

雨霖铃　035

小局促　036

食蟹记　037

赞美诗　039

三重影　040

象征性　041

伤别离　042

静默记　043

颈椎病　044

昙花开　045

醉花荫　046

天鹅湖　047

小春天　048

无字碑　049

庐州隐　050

提纯术　051

第二辑

待己有礼　055

第一人称　056

词句无止　057

雨中战栗　058

鸟鸣通灵　059

竹林有诗　060

天梯入云　061

松果炸裂　062

天平翘起　063

虎年有寄　064

微雨芭蕉　065

无妄之水　066

百鸟劳顿　067

十二青檀　068

山中驻足　069

美的勘误　070

爱神无救　072

竹林无诗　073

盲人之手　074

诸神无语　075

白云深处　077

两枚蜜桃　078

真理之辩　079

一首坏诗　080

灰烬如雪　081

明月孤悬　083

虚幻之湖　084

泡沫半明　085

第三辑

盐　089

律　090

影　091

伪　092

灰瞳　093

疏离　094

逆光　095

夜宴　096

空耳　098

风雅　100

七夕　101

美妙　102

西部　103

八月　104

凡间　105

法度　106

疑似　107

母性　108

夜归　109

山行　110

笃定　111

忧郁　112

乐队　113

小雪　114

大暑　115

破禅　116

蓝湖　117

抱湖　118

第四辑

问号的丛林　121

奥卡姆剃刀　122

石佛寺遗址　123

非理性妄断　124

白鹭与暮色　125

湖水与密令　126

在京台高速　127

承欢与受难　128

模糊的诗性　129

恍惚的奇数　130

特克斯河边　132

诸神的黄昏　133

旧我是故交　134

大街上的斑马　135

诗是一个意外　136

一只咳嗽的鸟　137

树干上的蚂蚁　138

均分阴阳的面孔　139

论风景的多重性　140

偏见是一种认定　141

穿过苹果的子弹　142

不可消除的余数　143

神的好恶无人知　144

论一滴水的宿命　145

所有的花都叫蔷薇　146

一只蝴蝶的元宇宙　147

两个怀疑论者的黄昏　148

李白最后的三个时辰　150

后　记　161

感召与破壁

萨义德在《知识分子论》一书中有段话深得我心。他说：真正的知识分子，被"形而上之热情"和"正义、真理之超然无私的原则"所感召。当然，我在这里谈论的知识分子是个诗人，他还应当被"内生于万事万物体内的美"所感召。一个写作者的内在驱动力，如果并非源于这个"超然无私"，而是一些功利的、涣散的、囿于一己的需求，那么，其作品的生命力定然孱弱，定然不会长久。诗人以其语言实践，深刻地响应着这种灵魂层面的感召。这与杜甫"文章千古事"所欲阐发的，本质上并无二致。

杜甫宏观纵论价值观的上句，与单刀直入方法论的下句"得失寸心知"，构成了浑然天成的佳联。但寸心，何以能知？何以知己，又何以知物？我想每个诗人，都曾在此踟蹰良久……或许每个诗人最基础的愿望是，他作品之生命，要远远突破时间与空间对其物理生命的限制。为了达成这个愿望，他渴望在其诗中真正拥有一种对话能力——与自然的对话：什么样的万物和天时，在启示与哺育着这个人；与自我的对话：什么样的丰沛多维的个体生命体验，在推动与改写着这个人；与时代的对话：什么样的一种独立生命意志，在与他置身其中的复杂人世关系处于永不停歇的冲突、纠缠与和解之中……当然，这三类粗略分类的对话关系并非彼此孤立，有时，它们交织在一个简短的句子中。如果此时此地，一个诗人的心跳能精确地传递到千百年后另一个人的心里，此"寸心"何谓？此"得失"何来？

是的，诗其实是个体生命最深长的呼吸。这呼吸，在历史的尘埃拂面中仍有力量醒来。正如，无尽后世的稚童们，每读一次李白，李白的生命都会再度苏醒一回。

每一个有着清晰的自省意识的诗人，都会竭尽力量地去达成这样一种区分：把自身的写作，与无限的他者区分开来，形成醒目的个人标识。这对每个诗人来说，都是一个严峻的考验：因为最深刻的个人印记，一定是寄托在语言工具中，同时又远远超越修辞本身。诗人确应是语言工匠，但超越工匠的努力似乎永不能枯竭，这样才能匹配得上世间对诗的期待。

具体到一首诗的写作进程，我们往往有这样的体会：语言向自身索取动力的机制是神秘的，时而全然不为作者所控。总有一些词、一些段落，仿佛是自墨水中自动涌出的，是超越性的力量在浑然不觉中到来。仿似我们勤苦的、意志明确的写作只是一种等待、预备，只是伏地埋首的迎接。而它的到来，依然是一种意外。没有了这危险的意外，写作又将寡味几许？我们会着迷于诗与词的关系。很自然的一个结论：诗的力量，远不止是词的力量。诗，不是止息于词的边界，而是凝神于自我的呼吸。但一首诗的形体和其中每一次精微的脉动，对构成它的词语，又难道不是一种最神秘的回报？

在一首诗中，词与词的裂隙，充满了词的余响。如果仅仅迷恋词之余响而非词之缄默，便无法体会诗的真正玄机。好的诗人，一定会在诗中构建出大块的"林间空地"，让紧裹着这些词的大片空白开口说话，让诗中的无边缄默开口说话。这才是诗最耐人寻味之处：诗中的空白，必须迎来它最深沉的阅读。

上述这些片断之思，似乎涉及六个维度，这是我近期集中阅读孙启放新作时，冒出来的一些想法。触动我作这些思考的线索，都在那些诗中。这些线索，只有读者亲手去捕捉，才会充满机趣。本为一些短诗写了点阐释文字，想了想，又尽数删了去。启放兄是我多年的好友，我来引读，难免多有性情之语，对他人的阅读其实是个障碍。何如这样，索性来个天马行空，我写得自在，别人也读得自在。

与同在合肥的诗人们，常聚在一起喝茶，小饮，论诗。近年，尤为感慨于启放兄的毫不懈怠。似乎，积蓄力量、以图破壁的愿望，比年轻时，比他人生的任何时刻都来得更为灼热、强悍。对每一个诗人而言，时代巨变与个体遭遇，及其附带的不同时期的心理演进，是重要的写作资源，又何尝不是写作者须去破除的束缚？唯有一次次的破壁，才能迎来内心的自由。或许，破壁不仅是诗人之愿，更是一切写作行为的本质，它呼应了一个人所曾蒙受的深切感召，也定然标明了一颗心迫切而往的明白去向。

借此序，表达一下对启放新著的祝贺。期待他精进不息的写作，给世间的阅读带来更多惊奇和愉悦。

2022年5月

（陈先发：诗人、鲁迅文学奖获得者、安徽省文联主席）

第一辑

废止篇

冷漠滋养黑暗;需要养护的
落日是死亡之美。

其繁复,约等于"π"的无尽尾数
空白具有的弹性;空白中
第三只眼睁开
时间犹如中轴线上的乱石。

"除夕"成为物。正点停靠
高背椅止住摇摆;
在一个古名"居巢"的小城边
反向的列车呼啸而过——

日复一日
这毫无新意的迭加不可尽废!

致默温[①]

漆黑的夜晚,原野背着天的黑锅
"老来的疼痛是黑色的"

但是,亲爱的,并没有糟透;
请捉住我的手,四周

"环绕我的未知重重"
但是,亲爱的,那些被你唤起的感觉——

暗含了今天拥有的全部诗意
我听到森林深处一棵树倒下的声音

[①] W. S. 默温(1927—2019),美国诗人。

低徊帖
——致顾准

人世会有传奇吗?
一枚粒子沿既定的线路运行
无数个交会点
相遇,却不会改变

他的身后
有试图改变而散乱的人群;
中年时遭遇才情的埋伏
忘了年轻时的韵脚
却无碍于修建
语言和信念的玲珑塔尖

至此尚无定论——

他确信,暗黑的煎熬
仍可将光亮消耗直至深埋

尽头的低徊
思想是思想者的牢笼
死胡同。垂首
是一个人向一个整体的默哀

存在论

厌弃是双向的。一句话
脱口而出
后坐力重重撞击你的胸膛

一句话存在,会腐烂一万年
这个并不复杂,说话的人
揉了揉胸口
与听话的人渐行渐远

古希腊打开的理论入口
17世纪德意志
郭克兰纽、沃尔夫的承接
能够于自在处神隐吗?
悬崖惊立陡起

所有的存在被压缩成一声叹息
只有静默
静默,不会清零

物质论

我必卑微。物质的人
不同种类的云朵
不同心境中,被称量出
不同的斤两

这与自然的韵律暗合
而抛弃自己的判定是多么不道德
有濒死经历者
叙述到天国的光芒格外明亮

光芒,也是物质
唯死者能够结束自己的战争

云是顶在头上的湖泊
我们于虔诚中播撒种子
泥土中开悟,犹如
物质化的思想
犹如思想的物质化,总会
外溢出被毒物学认定的有害尘埃

沉浸式

皖人思想可以究成色
古铜、黝黑或黛绿
可以蒙尘,呼救就不必了
天鹅湖不大
可以做一面镜子

雨后我基本乐观
流水浑浊
纵流、横流、斜流
高效且各行其道

我试着看完全过程
无名野花发疯
坏消息远行至裕溪河下游

衍生物

从未将崇高作为一种疑虑
那些指引将我导向东方哲学的内部
追赶,因终点的流放戛然而止
或者,终点从未存在。

只能拒绝。逃离枯萎
小人物的抗争;
只能将悲伤发酵,衍生成
疲惫和轻慢——

它们将再次衍生成消磨和洞察
慢于落日的移影
却,快于夏夜的闪电!

悼白衣

一身白衣，可消除掉黑色的影子？
拒绝淘宝、优衣库
手工白绸缎下坠感沁凉

疑似古董的香薰炉，有一刹那
缭绕的烟气迅捷缩回
似神器。江宁织造新进的蚕丝
白云的触角碎梦般震颤

雪光。影子何在？
一只逆袭成白的鹤于山水间亮翅
为有一场仓促的大雪
无意中覆盖这不老之禽体内的废墟

你黑装端坐
化学纤维静电"噼噗"声微
投射至书房墙壁上的白衣定是来世

石麒麟

麒麟的鳞甲自东海
老敖广是宝藏魔术师
"十有四年,春,西狩获麟"
那是发往人间的投名状
周天子肋下的瘙痒症又犯了
孔子自知无多日
三月的杏坛插满了杏黄旗
不包括无人登临的山巅
孟轲只有一匹瘦驴
汉白玉就此生根
未央宫麒麟阁,十三陵神道
直至这座小城的水上公园
石的兽,稍微喘息了一下
终于获得人间烟火味
咖啡因、尼古丁
槟榔在这里是稀罕物
麒麟补充了小剂量的麻醉品
外加一份香辣鹅掌
一片祥云在西天等待得失去耐心

乌夜啼

蓄意为谋?万人体育馆,鸟巢
流行粗嘎的声调
穿燕尾服的男主角是一只
带剪刀尾的乌鸦

科学家实证乌鸦有一流的智商
乌啼,别有用心吗?
能够修剪别出心裁的发型?
被关注的乌鸦
大汗淋漓的乌鸦

记得古人的书上,乌啼只三两声

记得诗句里的公式
假设我曾经听到乌夜啼
夜之黑袍上一小块黑色补丁

舞台中央
提着一张铁嘴的乌鸦声嘶力竭:
"那就是我,那就是我
让我
自己干掉自身!"

淡黄柳

世间存在热恋者时时翻新的失恋

在一所中学的对面,望江西路
原先的徽菜店改建成"失恋博物馆"
热切征集:
情诗、棒棒糖、CD、魔方、打火机

据说的馆藏
罗密欧毒药,梁山伯帽带
安娜最后的火车票
馆主说洛神的罗袜正在收集中,而
最新项目
是移栽"合肥人"姜夔的淡黄柳

我于淡黄柳尚有记忆
如今合肥城多的是杨树,杨花满天飞
杀虫剂、套颈索、割腕刀
那些阴狠的结局——

那些我们能够搜索到的恋无所恋
是某些人物非凡的开始

永无措

词句杂乱,轰鸣声犹如
刚刚起飞的雁群

诗,不应该是个活物吗?
看凡·高《夜间咖啡馆》
模糊的补色令观画者深感不安;
而"不安"是活的
造就了生动

能够向分裂的自身致敬吗?
被下意识袒护的自身,和
迷人的未知自身
两者间
蓄有凌厉的对立

如何"活"于两者间?
未知自身之外
是否藏匿了更多的自身?
无措,影子一样永随!

现象学

丧乱之痛,无关乎语言挤兑出怪胎
人于危情之中激发出动物性
是福是祸?

失败是胜利的多余部分
切换一下画面
刻意遮蔽"多余"不是秘密
某个有名有姓的人
正与时间、地点"合成"为战利品

每一场灾难都有可用的美学
每一个姓名
都着落于某时某地
添加温度、湿度和气压
添加苦难之后含混的颂体诗

在泳馆

水下是另一个世界。有人
从侧旁快速游过,身体
随之荡了一下

你使劲屏住呼吸
胸腔膨胀,心脏如擂鼓
不规则分布的时间
蛇一样愤怒挣扎,几乎
要立起来!

泳馆墙面上
时间仍是脆薄的圆盘
秒针一丝不苟
无尽圆周切割成无尽粉末

杞人忧

杞人所忧有道理
不必慌张
小行星撞击地球那一刻
多么恐怖和壮观
所有人刹那间汽化为分子
不必慌张，物质不灭
那些微粒是我们
换了一种方式的存在
迟早要聚集。此时
人人公平，不必慌张
慢慢来吧，我们有过经验
投胎路上赶得急
成型过程落下了毛病
以至于我们
把纸印的、木刻的
石雕的、铜铸的、金塑的
分子集成物
当成可以膜拜的神

小生活

失恋者究竟痛在哪里？
就要去二十一楼了
天，有降低的风险吗？
闪电是天的隙缝
如果能窥见真相的话

平面的花，二维的光和色
错觉。没有人提到它或她
存在不需要理由
也不要招惹量子小妖精

对质？书中一道门刚刚关闭
证据在流失。而诗人
先天多唯心，瘾症发作前
抱住残片，抱住一缕冷辉足矣

凋落季

松针凋落,声音精确到微米级
此前,它们已用骨化的针尖
试探了空气的刚性,以及
松枝挽留的诚意

清理后的田野,被肃杀之气
一方格一方格
利落地分割成巨大的棋盘

远处,一只黑鸦掀动了一下翅膀
我诗行中的每一个字
突然滋生了逃意

而提交书面退休报告的寒蝉们
有心无力
排着队,依次战栗了一下

剃须记

刚启封的剃须刀锋利无比
有一线蓝汪汪的刃
不过,它只是镜子里的幻象
不那么逼人

镜子里的手也是幻象
不那么稳定。它没有绕开
下巴上的小疙瘩——

我知道这只是幻象
红色液体涌出
与真实的我,又有什么关系?

忧郁论

从叙事的角度看,忧郁
是饱满的
具有的张力足供我支配

陡峭。夜色中有相反的路
经过锤炼的忧郁
不论出身
危险的接合部紧密交叉咬合

忧郁是一种抚慰剂?抑或
松软的填充物?
不足以争辩
我有我的执迷,尚未失控
与忧郁同步的苦修者触碰到未来

规避杂音。低调的起伏
如果抽离之中的美
替代词必将散落
湖水必将陷入低泣
忧郁,一如悬挂的空衣落地

伤害论

不要把仅剩的力量用于愤懑
可以谛听。没有什么
是绝望的,包括
语言对诗歌的"伤害"

如果这谈得上伤害
犹似古罗马元老院之于凯撒
是一种伟大的伤害

小难题

清末画家画雪地上的白兔
可简笔:
墨勾眼睛、兔唇;
耳朵尚未折叠,加些许
夫人胭脂盒里淡淡的粉红——

这还不够,必须要有的难题
是如何解决那一行脚印?
据说来自南书房,却拐弯去了
颐和园。墨和纸
维新不得守旧不得;
小白兔的路走了百日,步态
既决绝又蹒跚
工整不得,也潦草不得

清平调

悠游的咸阳少年,随手斜插
主观能动性柳枝
落日掉进长河
暗夜,一只胆子越来越大的黑猫

爱,越来越具体。一车荔枝
大明宫公公回复说八千粒
有什么办法
能够叫出每一粒的名字?
圆润的名字可以抚摸,如
恋人呓语中抚摸你我

"玉环啊,朕为何沉浸于耳中的轰鸣?"
整体的、习惯性轰鸣
滤掉语音的沙子
无知无觉中积起沙丘

柳枝成荫,少年力衰
蝴蝶终归是季节的指定物
老李白不无遗憾
他,只有一个唐朝用来挥霍

相见欢

月亮的温度在零度以下
绝对绝望中的抗争
那些
曾经又香又软的枕头
像是一个错误

还有何人值得相见?
深院将梧桐锁了一重又一重
不是谁都可以
把一庭生硬的方砖视为江山万里

悲伤是奢侈的
又是谁
将这耗费无数时光的无用之物
展开悬挂
如猎户老来
低调晾晒满是虫眼色彩黯淡的豹皮

落叶赋

这是季节与树的密谋。惯性之锁
于瞬间打开。只一跃
鸟鸣在暮色中迷失。江边的水泽
鹭的长颈正一伸一缩寻梦

如何丈量生与死之间的距离
警示的钟声声声相连
一段空间并无阻碍,没有对岸
转身便是隔世

看见过骑马的人投鞭断水
鞭,成为游鱼,成为盘中的白眼者
而树无论如何作势,都无法将影子扶正

忽略陈旧的月色和青萍之末的风
微小的闪电,在每一柄根部
吱吱有声

暮春帖

暮春,季节的完成
迟钝而坚决
大提琴低音部分的忧郁
不是丝绸
也不是羽毛的颤动

后主思忖:
那一江春水就是京师
消逝得近乎无奈
又接近万物的自由性

一团杨花贴地滚动
停住。它的熟睡
是小额的
已抵达心满意足的幻想

荷塘记

荷塘的风和影
与农耕早期没有差别
知了的叫声
来自《诗经》里的"鸣蜩"
婷婷的大叶荷
像极了清一色翻戴绿笠的村姑
佩别样红的荷花
一位着逍遥巾的青衫士子
正在树荫下踱步
那么眼熟
我胸中为何有不可遏止的冲动？
少安毋躁
是那些藏于淤泥中的藕吗？
依然盛唐的丰腴
一节节亮眼的嫩白胳膊
"哗啦"一下就出水了
这天然之荷的四季轮回
自然神工各自诱人
我一向偏爱枯荷寒鸟
国画中寒寂的墨意
最宜听秋雨
那个青衫士子收起折扇走近
附耳说：

"兄,我是你的前世啊!"
这细语如雷!
反观自身,不可除的遍体污渍
让我有突如其来的挫败感
和难言的不堪

弱电流

场。论。学院派骆驼
每一步都是深刻的足印
设计飞越驼峰运输机的设计师
为何没有设计驼峰?

性灵派拒绝机械式训练
是有理的
袁枚从《随园食单》里踱出来
冷风中一激灵
随口说一句"诗难其真也"
是有理的

弱电。语音、图像、大数据、梦
女人,裹黑夜丝绸的胴体
嗅得到的体香
是真实的吗?

死神那么强横。推迟的
暗访真齷齪
心率。记录仪波状的条纹
请予死亡以尊严
绝症者过度治疗是一种虐恋

立秋日

立秋,小区葱郁堆积
是香樟还是橡木?
只有我,能够决定自己是谁

风中飘浮细微沙尘
酸胀的双眼泪流不止
楼上的油画家正在清理画笔
画布苍黄布满瘢痕
我只得说
过度的精致是一种屈辱

季节在刹那间变幻
我,究竟是谁?
天生的反对者
体内两只入秋的豹子
饱腹的酣睡
饥肠辘辘的那只正凶狠地来回踱步!

一只豹

豹斑。一只豹蹲伏于枝叶的阴影
公园里空气清凉
一只豹是阴影的一部分
一只豹被光线裁剪
一只豹被我的恍惚裁剪
它刚刚形成
一只豹腹部微微起伏
一只豹咬合的颌突然打开
享受午后长长的哈欠
一只豹抖了抖皮毛
斑斓的落叶纷披而下
一只豹是恰到好处的无上妙手
层层剥开城市中心的想象力
不可言说的秘诀
一只豹有贵族式的厌倦
不能触碰白天的雨水
不会抵达广场
夜晚来临
一只豹和抽象的我
在城市灯光的碎影里无声行走

卜算子

梅花有五五之数

算卦者告知：生于船上的人注定要
漂流一世。船，正溯淮河而上
缓缓泊于汴京五号码头
而梅花
将于某年随你

入剑门
我在剑阁上看你
栈道蛇游石壁，瘦小的驴蹄踢踏声
转五道弯就不见了
五十里外的驿站有五间房舍
五枝梅花恰逢其时

梅花多年后开于小学五年级教室
我哪里知晓
梅花无主的失落？
男女生打闹中五朵梅花落于襟
另一种维度的存在

放翁兄，如果梅花是你的梅花
是命中定数

就一直开
五种方式开——
枝头开，梅瓶开，驴背开
残山剩水开
冢中白骨开！

雨霖铃

无畏不需要辩护
杨柳和残月可一把
小令、慢词仅盈盈一握
诅咒可一把
夕阳每日一次的垂亡
这耗而不尽的青春
这老来不分东西的飘摇
变与不变
衰老具备的加速度
催促者的心慌
文牍莫如心得啊
雨淋万物
风景从来不分墙内外
什么样的心胸能配享自由？
请重新发一次牌
时间，是需要我来照顾的
美人和酒
均可一试！

小局促

少年想:"无论让我怎样死去
直到看你熄灭了灯。"

初春桃花开,秋尽松果落
如今的城市不熄灯
夜晚更具生机
光阴不叙舍得否,按需分配

如何?屏幕上难得见
熔炉里铁水射光华
载重车上,板材一匝比一匝沉重

值得信赖
主义与实事之间空空的白话
幻觉抚摸耳垂,老胡适无奈的情事

三月的笼子要大一些
我是蟋蟀、一片月光、含羞草的叶
怀疑论者怀疑被人爱过
如今作无穷想,仿佛也是

食蟹记

突眼、外骨骼，五花大绑
正待下锅的蟹
蠕动的口器中"咝咝"地溢出

让老饕津津乐道的是
慢慢掏空的
蟹黄、膏脂、节肢中的条形肉
以及
分解一具躯体的快感

第一个吃螃蟹的人是偶然的
偶然总会让人吃惊
比如非洲一族
喜食毛茸茸的褐色蜘蛛

想象螃蟹进食的画面
巨钳替代刀叉
食物链中无所不食
有肢长两米的日本食人蟹
迅疾、沉稳，盔甲骑士的风度

被蒸煮出的螃蟹有醉意
宾服于醋、蒜蓉或更复杂的作料

大杯的啤酒已端上
蟹兄,来来来
我们共饮这因泡沫无端而生的愤怒

赞美诗

美源于女人。确切地描述
是多么困难
我们呱呱落地
女人胸膛是我们的一切
觉悟时,母亲、情人、女儿
三个最好的词
耗尽胸中全部的词汇
最终,都想有一个
特定的时辰
死在心爱的女人怀中
女人,不会流逝的美
美中的大慈悲
崇拜是另一回事
我只想赞美
赞美女人
甚于赞美一块土地
一个族群,抑或
一个国家

三重影

咖啡的香味混合火腿的气息
酒店奢华的自助早餐

他闲看了一下
玻璃窗上反射的室内场景
人群熙熙攘攘
抑或,他只是在看玻璃窗外
陌生街道上无声的车流

有人刚刚离开
洁白细腻的骨瓷杯沿上
淡淡的唇膏印仿佛现场的指纹

其实他看到的是
另一个城市的陈旧影像
一个邀意中人品尝咖啡的穷学生
口袋刹那间被清零的感觉真好

象征性

摧毁城池莫如摧毁肉身
请予我:禁食之静室
阉割之刃、苦修带、自我鞭笞之鞭
信仰是人心炼制后的盲从
无敌利器,混合着
满血复活的耶稣、圣殿骑士
火与剑。而释尊
东方无忧树下的童声:万圣节已到
南瓜熬制的粥
有过于强盛的阳气

伤别离

生死之间,一定有过渡地带
铺红地毯的向上台阶
或者,又湿又冷的向下通道

这都不重要。亲爱的
我略感歉意
钟爱一生的诗歌中
被你逼进死角的词句,迟早要

反噬。一只张开巨口的兽
等在那里
无论你昂首,无论你低头

静默记

滨湖大道东段
美得让所有驾车人分心
缓缓滑行的晚风
没有路灯的夜晚多么像夜晚

我的一半蜷伏在无言的车座上
看夜色像一只怪兽
当着白亮湖水的面
一口一口将那个"我"
连同湖柳之下的长椅
吞进阴影

颈椎病

头颅之重。头颅
有先知者传承天道之火

幽邃之火,焚膏腴之火
至燃眉,至燎原
至草木无穷万物皆可为所用之势

终将获刑
终将因所擎的燃烧不熄之罪!

昙花开

湖畔傍晚,她看看腕表
还需要一点时间
家中客厅里
即将打开的,即刻会枯萎的

她,不是害怕
去年的、前年的、更早点的
同样的打开和枯萎
而今天——

老了一岁的她强烈感受到
一朵昙花的心事
瞬间美的生成和破灭
其中的意味

鱼群没有整体歌咏
也没见湖妖浮出水面的魅影
她,只是客串了一下
狐媚子腰身的柳
湖水反光中的纷乱<u>丝丝缕缕</u>

醉花荫

每一次悲伤都有源头
我不止一次困于成年后的局限
如同
一杯牛奶记不起青草。

如果尚有觉悟之心
便能够攀上山巅解除压迫感。

童年缺憾的音符
时不时
萦绕入梦
有谁的十指能够摁住笛孔？

胸中所藏的失落
终究形成纷扰投射向人世。

小区的花荫昨夜醉酒
一阵痉挛后
松开了一片哭声
解锁的密码
是否就藏于无意识的行为？

天鹅湖

途经天鹅湖,水的桌面
摆放塑料玩偶般的鹭鸶、水鸭和秧鸡

未曾出场的高冷主角,与
轻度颓废的我,像
一行诗句中的两个词
一路上暗中纠缠,相互不休

小春天

率领一队蝌蚪的
不是青蛙妈妈,是
一位小提琴手,在水边
长满紫叶美人蕉
白花水晶兰、灯笼草
轮叶黑藻和
蓝色牵牛花的小池塘
水中有云阵
蝌蚪们排列成行
这些不时跃出水面
头尾相衔的黑色小精灵
在空中绕几个弯
拔高、滑下
又钻入水中嬉戏
小提琴手站在大石上
长发飘飘渐绿
青蛙妈妈鼓着大腮帮子
蹲伏在一片青荷上

无字碑

男人的世界
精彩于一个朝代的雄起。
太宗皇帝的品位
感业寺,反刍
每一次晚课都是美容进修。

心如深渊。一方无字碑
与大唐的巍峨对峙
等一等,等一等
为什么只有野茫茫寂寞一片?
浴室里的铜镜模糊了容颜
牡丹开在词典里

哦,我几乎忘记了她的美
她的美,只是被
无数男女用来数落的

庐州隐

我无暇顾及"隐"的物理意义
我只是清潭路沥青路面上
凸起的多余部分

南艳湖日光质地清澈
庐州隐,好像私吞了一座古庐州

万物催得太紧
我只是安抚了一下厌倦

仿佛精通了手工
制作出蝉鸣细密的网眼
轮流坐庄的鸟
一泓绿水
正注入南淝河、巢湖、长江、海
看似是一个意外

提纯术

"99金"已经足赤。足以
让有心人眷顾。
而我们遗落了什么?

手工的,萃取或过滤
蒸馏法的成功学
于酒精中获取更多的快感。

像心灵、血液,像组织
像诗歌
提纯术的目光各处巡睃——

秋天已打理了树木
树木真干净;
我打理了头顶,头顶真干净
沁凉的刀锋一贫如洗。

第二辑

待己有礼

彬彬有礼的领结
轻抚一下左边的脸颊
对方轻抚一下右边
不可无状
镜像中的敌手
或曰:"互惠"的依存

"你好!"
说不上一股暖流的来历
掌心镜面相合
你晦暗,我不明
卫生间里有一小片光
像个银勺子

第一人称

迷幻。只有一个灵魂用于安静
帷幔挂在四周
个人小剧场,脱敏词句
也没能给出哈姆雷特解药的方子

死神的收获季来了——

被子弹击中的是鸟
被鸟击中的是树叶
被树叶击中的是过往的行人

第一人称信誓旦旦
防止互害
防止冰和炭,互知冷热

词句无止

爬墙虎蔓延到了无牵挂
秋冬之交时
才略显仓皇。几个闲汉
在朋友的大屋子里
以酒水侍弄词句

阳刚的、阴柔的、晦涩的
腥红的、虚白的、暗黑的……
不是治愈,是全身心
加速词句的衰老
并在蹂躏中获取新功能

打翻在地的
还须要再踏上一脚
从"无中生有"到"有中生有"
不止一位仁兄
一杯又一杯
浇灌自己的萎靡不振

能否"死去活来"?
光线在烟气中"嗡嗡"震颤
恍如有形之弦

雨中战栗

语言祭出僵直的大坝
诗,消隐于词句的汪洋中

我的发动机低吼
雨滴在震颤中散开、聚合、眩晕
泪流满面的挡风玻璃
雨刮器一左一右,横扫
理想与浪漫
两个主义轮流奏响挽歌

新无知时代,什么才是
诗歌的压迫者?
面目不清的压迫者,我感受到
它的战栗,以及
周遭空间物的战栗,星空的战栗

我必将瘫痪。必将
听任体内的浩瀚与战栗星空相呼应

鸟鸣通灵
——兼致徽十三客

徽州的鸟鸣带着方言
隔一座山林
这边寿带鸟的鸣叫是钴蓝色的
而在另一侧
则是好看的栗黑色

鸟：羽蓬松，目锐、喙利
杂食
鸟鸣时而肉感，时而似
甲虫的铁壳
时而如黄蜂的细腰

樱花怒放中绯红的鸟鸣
铁屋窒息的鸟鸣
湖中潜水的鸟鸣
为遁世之美而无端遭袭的鸟鸣

十三可通灵。缺一隅
以鸟鸣补白
群峰逶迤
静穆太久中的鸟鸣饥肠辘辘

竹林有诗

一棵竹笋的初始伟力
爆出信心
让刺破苍天成为目标
此时桃红柳绿
春雨初歇
神魂聚于矛尖
接下来,它的企划
为蘖枝——打破

如同遁世者精于放弃
每一片枝上的青叶
悟道般精于
持守"个"我
一片青叶遮掩一间密室
传送私语和清欢
抚慰出佳句
均交付于清风月影

天梯入云

爱"物"即为奴。樵夫
别着磨亮的斧头上山
身后拖着一条小路

天梯入云,小庙入定
古树像老神仙
自顾自论道
一堆顽石点头

松果炸裂

寒气迫近,松针
尚未骨化。松枝上的松果
一枚枚悬挂的手雷
松鼠、松鸦、交嘴雀穿梭其间

蓬松皮装的小兽,刚刚搬运完
半部松林的繁衍史
鸟嘴噙住清香
月影的寂静中
它们心满意足
酣睡。情欲饱满的松果终于得到了
余暇——

不是惊雷。更像是一声小小的咳嗽
仿佛我的喉管咳出一星饭粒
仿佛家,咳出了游子

天平翘起

天平的一端正在翘起
一些词烂去
一些词，正获得新的重量

截然不同是肯定的
晴与阴的转换
光飞走，留下的残骸是阴影
狄德罗说过：
"盲者的灵魂在手指末端"
那么
什么才是好天气？

谁能说我们不是一个盲从群体？

误读是必要的。天平
正在翘起，万物皆有的引力
引力是好天气
宇宙中，瞬间即达的光线慢如蜗牛
谁说它不会崩溃？
一缕焦灼中渐次拉长的白发

虎年有寄

除夕的凡心之重出乎意料
放轻自己的身段
央视上演了一次云播

轮回。老旧的牛年止住脚步
巨大的弯角扭转
夜色静止,隔天和隔年
溢出的伤害消弭于怒斥和雄辩

万象更新时
阴郁与明媚各执一词
令无数城邦坍塌的雪
是神的门徒
也是太阳的祭品

躲过时代的狂潮
时钟"咔"的一声归零
一粒蝌蚪状意识从我体内逃遁
成为虎年的虎
成为俗世明晃晃的事物

微雨芭蕉

夜色之唇如章鱼的吸盘
屋檐下的芭蕉
向斜射街灯亮出自己的部分肋骨
微雨。无为不足以解忧
光的摆渡,窗帘
讶异于雨丝中的颤音
阵风乱码
情人间幽怨长存。爱意
冻龄女神的果冻
煽情的药丸,面膜也是

无妄之水

买通这斑驳的光影
啊,不要映照,不要惊扰
不要支离破碎
我与睡眠间相隔的
脆薄屏风

梦就要挣破身子
稳住。这巨大的容器
这盛满时光的旧居
让无妄之水,注入。无声
近乎肃穆
水之形,就是梦之形

这暗黑中的黏稠之物,依然是水
无风、无浪、无一丝消息
这正是吊诡之处
注入,如此缓慢
今夜之梦,看来不会被叫破

梦中也可以屏息。屏风之后
我知道注满的无妄之水不会倾覆
去掉影子的尾巴
真相,就要从水面浮出头颅

百鸟劳顿

春天里百鸟劳顿
树冠、草丛、楼顶、阳台
天空仍如昨日之旧
它们划出的每一条弧线
又如明日之新

鸟。突然的转折
似是文章字行里的"分号"
它们从高处箭一般射向地面时
无疑要加上一个"叹号"!

鸟凝视一朵花
整个放大了的春天
花是否找到机会凝视一只鸟
点漆的眼珠?

看到一只鸟落向窗台歇息时
微小的喘息
鸟的快乐是微小的
它们微小的快乐近乎不朽

十二青檀[①]

镜中有荒野
十二青檀
时间展开空空肚肠,鹰
展开飞行羽,大石之上金属刮痕

脏器半空。平衡是一截
紧绷的钢丝
牵引无尽根须,于泥土深处收服永夜

镜中乌有,云漂移
十二青檀千年一叹:打不碎所有的镜子
唯作十二只锚
唯锚入这苍郁避世的青山不改

---

① 大别山深处,存千年青檀十二棵。

山中驻足

剩几克拉时光,牵住秋意
目送黯淡和熄灭,短兵相接的山色
切记:不能与挚爱之人做伴
埋头登顶或转身下坡
驻足,听危石与古松传话:
所有的路,都是那个人影子的延伸

美的勘误

我所蔑视的是许多人必须顺从的
毁誉忠奸。文字
令我半睡半醒
摸到床头台灯螺纹状电线
拉直？胶皮铜芯
此物不屈的记忆堪称烈士风节

体育场，万众欢呼烟筒嗓
歌手唱
"每一个人都有隐秘的忧伤"
我知道废弃钢铁厂的高炉
一直在安睡

没有比法兰西断头台斧刃
更利落的杀器了
斜三角，凌厉的几何学
刽子手竟然数得清
朋友头颅落下后的十五次眨眼

这个清冷的冬天，造访朋友居所
爬墙虎的枯叶

如同阴天上墙的斑驳阳光
如同美
出现在勘误表上

爱神无救

一代学者曾几何时
纠结于爱情和快感间的阶级性矛盾

《黑客帝国》中,救世主尼奥
按摩重启崔妮蒂的心脏
多重世界的苦情,无救的爱神
一时复活

终归,只是两个性别间的艺术化
终归只有审美
终归,女性的恨意
总是略多于爱

夕阳造就矗立的直壁
浓重的阴影
拐了个直角,径直走入卧室的深处

竹林无诗

我手抱一架风琴般弹奏自己的肋骨

确实没有什么可写的了——
这片竹林
刚刚被一群暴走的诗人
掳走了全部诗意

被清空。略带疲惫,又回归至
本原的静谧,恰好
把这片竹林
从漫山充满期待躁动的碧绿中分离开来

盲人之手

"思想总是困于皮囊"
跳出皮囊的思想家
意在遁出危机
而"遁出"
又恰好是另一个危机

这个年代,万里之外的朋友
消息传送是指尖一瞬
为何
我们总是像抓住流云一样抓不住
"飞一般逃走的东西"

肠枯如经年老藤。他能够看到
坐于书房的自己
是另一个人;书写之状
如盲人之手摩挲
未知之美
亦如迷魂之汤剂——

"深渊,必召唤心有深渊者"
高僧坐化于对死的期待
想不起一个人类

诸神无语

天有多高深,黑暗就有多高深
黑暗把冰冷的嘴唇贴在玻璃上看我
而雪花来自天
想让一滴墨落在白纸上了无踪迹

我不赞同这种徒然
我已衰老,倦态影子般尾随
那块突出的椎间盘是一片软骨
反复提醒:
黑暗啊,黑暗——

黑暗可以关闭或扭紧空间。可以隐身
压塌人的肩膀
可以拾级而上,飞翔成整个世界
可以温暖、不朽
也可以崩溃后更加黑暗

即使我发现黑暗吟唱时的猩红喉咙
即使逆行的光形成拱顶
也只有盲者,可以直视!

疲惫。诸神无语

黑暗有太多的高妙
我只在黑暗中寻摸一只适宜的背垫
别无他求

白云深处

我有无救的愚顽
找不到白云的缺口

我只见识过
恣意的白云生出更多的白云
未知的白云看不到深处
我曾经着迷的是
未知的深处,当比深处更深

在被白云虚抱的黄山
难见阳光的背面
一个嗜睡的人无有悲喜
叙述是眼前不远处的断崖式
"深处是虚构"

他似乎是一位超验者
挥一挥一片出岫的白云
"万物的私奔之心
也是虚构"

两枚蜜桃

淡渺的气息。都市二手的阳光
被春天提携的是蓄谋已久的桃花

十里之外是歧路?
如神谕:从来就没有设限的诗歌

桃花真正的困境不可言说
水壶嘶鸣。互害,一枚青杏胃中萎缩

那么多人一脚一脚踩出来的,路
何能轻言"歧"?隐秘行者看似每每缺席

纱窗滤出光线的密集阵
托盘上摆放的两枚蜜桃如人间尤物

真理之辩

我们所言的真理,总是
掏空现实的内脏
简单、直接,赤裸的章法

草尖上的露珠——熄灭
环顾。庄严的黑袍
威权者四周的暗影深重而稳固
利爪锚住所有
却回收不了认知的万一

在劫难逃。被强制的感觉器官
是否又将退化成人类的
又一根尾骨?
当铁律拒绝稀释、变通、例外
锋利的正确性
只是世界的另一面

而所有的真理都将蜕变为废墟——

我看到日落之处,垂亡之城
燃烧的夕阳弹跳了一下
西窗剪辑出的古典女人
有雪山般容颜

一首坏诗

朋友说:"把诗写坏一点"
让我想起一些人,坏得
滋味悠长

"坏"没有刻度
但可以被精确消费
而我,能否真正写成一首坏诗?
拿什么来比喻呢——

草原上一桶马奶坏了
草原上多了桶上等的马奶子酒

灰烬如雪

折磨我的幻觉无穷无尽
这物的世界为何不可撤销?
声和色
更多频段在我们感知之外

而饥饿不可撤销
仍在疲惫燃烧的柴火不可撤销
一张引火的旧报纸上
深渊般的数字,不可撤销

不可撤销的黑室、病婴、饿殍
曾几何时
厌食症竟成燎原之势?

T台上瘦成骨架的女模特
飘来飘去;浮游物
陌生物种的气味,以及
一只蛹蠕动的口器
在我的身周构成奇特的平衡

俯视。看得见自己中空的躯壳

看得见祭天台上巨大的铜盆
诺言的灰烬
白得像雪一样耀眼

明月孤悬

1492年,哥伦布燃烧的野心
地理大发现后继如潮

更早一点,暴戾的大流士
能拦下天空所有的鸟鸣;
铁血的亚历山大,汗国金帐
构建于雷暴般奔腾的马蹄

所有的悲伤就在于
尽世间一切,纳不满人性深渊
泰晤士河余晖尚存
女王的下午茶,杯中落日沉浮不定

谁来收拾残局?
明月孤悬
频繁的梦,三民主义投下虚影
中山先生所言"仍需努力"
意欲为何?

人类即孤儿,何言进化?
当凯撒扯掉古罗马共和的内衣
卖的是什么药?
克里姆林宫尖顶
一尊硕大的镀金葫芦

虚幻之湖

明月缺失夜空。

重力场。星光下垂
水滴筹的萤火虫还未聚拢
湖畔,树的虚影纷纷挪动
成为假象

十年禁湖期尚未结束
不远处,湖水里鱼群辗转反侧
夜枭于空无中
猛然间打了个响嗝

水下城遗址正在想象中修缮
残垣断壁的古居巢
湖水,终将不知所踪。
设计师的神识
陷落在现实主义和魔幻主义之间。

一枚小舟了无声息
如当下的诗歌
正偷渡权威语言森严的国境

泡沫半明

爱上改变
所有泡沫在兴奋与哀伤之间

圆球状的、椭球状的
条状的、方状的
以及,人形状的泡沫

小黄人只有一枚独眼
公园里儿童欢叫
空中闪闪烁烁的光
像是在躲避

哦,硕大的春天即将终结
而鱼的幼子
正在父母吐出的泡沫中续命

天就要黑了
浴缸里的泡沫拥挤在一起
包裹地球的大气
巨大的泡沫飘浮在空中半暗半明

第三辑

盐

看不到海水的沉痛
从无到有
阳光如钢针
风是咸湿的,乌云里有龙

回到冰川纪
抱紧饥渴
每一粒单晶体都是海的母体
看透,却从不说透

律

过去皆为序曲
终章从未到来
万物仍奉能量守恒为圭臬
横冲直撞的力
穿插、拆解、盘桓
错乱空间有错愕的表情

扭曲。光明的面孔每日翻新
庙宇的琉璃又绿了一些
远处，剥脱的教堂尖顶相映
丈二和尚的短臂
与头脑之间尚有一段距离

是的，他必须补偿缺失
那个在人群中以懦弱著称的男人
对家中的妻儿
却狠辣无比

有人用光和二氧化碳合成了淀粉
我没有在意

影

灯光打在墙上。影
一动不动。书桌上走过零点的闹钟
乱糟糟的稿纸
手机、烟蒂、茶杯,一只空酒瓶

坏习惯。放肆的想象
忧郁、愤怒、激动、无助
不明就里的潸然泪下
有谁,爱我最深?

少年时的土墙:离我而去的弹弓
气枪、网球拍,一把
带鞘的锋利军刀
而几本无数次交心的典籍
亦远我
彼地、此地,唯有它守候
通宵枯坐的"影"

我不是道林·格雷
不会爱上自己的画像,为何
不可以爱上自己的影?
睡梦将临,互致晚安
它带着体温,悄然潜回我的体内

伪

欲望横陈。野花
只在春天马蹄后疯长
蝴蝶,与梅花隔了一冬距离

蝴蝶驮不起寒香

不可言冰?
离开哲学的泥潭
蝴蝶只是一具空躯壳

硬生生挤进的词:"翅膀"
雪的翅膀:欢爱、梦
悬停。四周静默的废墟

蝴蝶的翅膀尚未成形
一粒梅花刚刚拱出
一粒气泡
不偏不倚的水准仪校验灵魂

灰瞳

黑白胶囊。药瓶恰好十八度灰
一颗一颗咽下去的
只能是时间
不能说你还没有准备好

无论是老人变坏还是坏人变老
称之为"罪"的
总会在轮回中越漂越白
记得庚子年末
乌鸦的翅膀似乎又黑了一些

唤醒色盲症
灰,占据了黑白间的大面积
整整一天
老母亲的油炸丸子
金黄于一种可能性艺术之边缘

疏离

书中旧事有醇厚的口感
修旧的老街少了"旧"
恍恍惚惚。城隍庙
收拢不住四下逃散的小鬼

站着拉琴的艺术家
除了纸盒里的硬币
尚有
一方微信二维码

艺术家目光散乱
音符流畅
水龙头泄下的水
多么疏离的舞台感——

无原则的赞美是一种伤害
他确实病过,却
还需要一次死去活来

逆光

老图书馆的石阶有点松动
像馆长的牙
他拿出一张泛黄照片,逆光
两个人的面孔藏在阴影里

诗歌是一种软禁
贫穷的,又都是戴白手套的人

"像饥饿的人扑向面包"
就那么一点感觉值得庆幸
荡然无存了吗?
阳光打出,每一根银发毕现
空气中飞舞无数杂质

两只并肩沙发,两杯茶已淡
两个具有足够怜悯的人
两个久坐于逆光中的人足够被怜悯

夜宴

羊头仰面,弯角
遵循三角的稳定关系
火候的精密布控
器官总汇
来自西域的作料香味奇异

红酒和白酒之间
一群生者优雅的吞咽中
为何突然说起了一位死者?
一位死者不幸的肾
在虚无中
拉长他的存在

其实是与羊相约
与草原、落日、毡房相约
回味
色香味俱佳
约等于回味枯草的滋味

都有各自难言的悲伤吗?
聚会的人

隔着车窗挥一挥手
如一群驱散了的羊

贪杯者每晚渴死体内的盐

空耳

采耳,小小器械琳琅满目
耳道空空
如墓道之门打开——

那么多惊奇:
大石之下拳曲的野草
蝙蝠于黑暗中扇动的膜翼
林间叶尖上的水滴
餐馆操作间里的协奏曲
一个人转身时
不由自主的恶语或低泣

又是谁
呼喊一波比一波焦灼?

我确实不能分辨
这些重见天日的声音
哪些是活着的
哪些又是早已死去的

密封已久,又突如潮水般
涌出的声音
我的耳道空空,却亦知

某智能隧道
一场大水窒息了所有的动静

风雅

一片羽毛是重力专制中的风雅。
暴君说:除去吧。

一身轻的,裸身的鸟不会抗辩
也从不服用致幻剂。

七夕

耳垂上滚烫的月光
我醒着

纤云反复擦拭
那轮七夕月,多么锋利的飞刃
斩金断玉——

切口如此齐整!

我伸手抚摸遗落的部分
如同老兵
抚摸遗落在战场上那条腿的疼痛

美妙

美妙的一夜,没有风
羊群四散
四周降临的是神

弱小多美妙,无助多美妙
空空的睡眠多美妙

空,已不是一个词
黑暗抱紧了我
如同,羊水包裹着胎儿

西部

帽檐压得一低再低
被悬赏者
凌厉的身份为镇山之宝

如何避免虚幻的光芒夺去自身?
沙暴、猎手、警徽、私刑
风车磨坊里女主咽下的一半呼救
犹如
铁轨与车轮间摩擦的火花

生命暗合潮水的节奏
霸凌者如果活得够久
也将生发出无休止的厌倦
而大地
并不因此空无——

粗陋的街道一如往昔
生生不息的
酒馆、马车、绞架、制棺匠
老无所依的马上诵诗者
从不让人
摆弄他的左轮

八月

八月的演唱会
嘹亮的女高音让白云行得更远

在当代,干冰、碘化银、盐粉
可以将八月的云层还原为水
但,如何将白酒
还原成一箩筐田野气息的粮食?

走进八月的教堂,唱诗声起
一群祥和的人
慈眉善目的幸福感
让我醒目得像诗歌中的一处败笔

台上的女歌唱家口型完美
这完美的技法的圆
又仿佛
玻璃杯脱手时发出的呼救

今年八月奇旱,收获伊始
我心如盲盒
风吹过桂花
所有的涣散都在干瘪的花粉微粒中

凡间

光明骑士高高在上
所有的光打在他身上
黑暗在低处
黑暗的漏斗
向更低处缓缓滴出水银

法度

世界，无非由我及我之外构成
事物蜂拥万古茫然
一切都会发生或正在发生
我立于镜面前
与这正邪间的世界交换各自影子

我只能以自己度万物
若非，何以为度？

疑似

毁掉花圃,实用主义者
选择种菜是有理的

被小人物命运
感动出泪水
女孩毁了妆
恼怒后加深了人生的怀疑

而餐桌上
考究的"色、香、味、形"
是人类对自己创设的美
毫无情面的冒犯

母性

对于一头怀孕的母狼
你无从得知
她那隐秘的喜悦,是否
带有羞涩的成分
这头于暗夜中潜行的动物极度危险
可否赞美
母性光芒赋予的加倍凶暴?

夜归

我是一个用腮呼吸的人
小区的夜满身弹孔,流淌着琥珀
酒后的躯体有漂浮感
使劲扒拉一下四肢,朝最黑的
拐角处游去。有人狠狠抽一口烟
火光映红鼻尖。树丫上蹲伏巨大的猛禽

山行

盘山公路如一条勒痕，仙女峰
有瘦身心得。打开车篷
女士兜风的长发；丛林中
所有的甲虫类都打开了鞘翅，而我
最多只能认领一对膜质翅
能否置换出一首韧性的小诗
也很难说。或许能从
同伴和我新冒出的白发中找到启示
景点就在眼前
一罐未开封的美味罐头
下车喝一口水，拧紧矿泉水瓶盖
女主终于停好车
"咔嚓"一声落锁。远在德国
装配车间机械手拧紧了最后一颗螺丝

笃定

又一扇窗户熄了灯
像一堵墙,掉落越来越多的瓷砖

地形不错。静立,侧耳倾听
等候某种形式的伏击

深谙此道的树在阴影里走动——

一条流浪狗卑微地挨过来
发出了一声羊叫

忧郁

冬天的月光是忧郁的
类似于文学青年的气质

青年是遥远的地带
初始的发源地
我立于阳台遥想
失落已久的战栗
干冷的空气中呼啸了一下

在我心底
忧郁的月光和来得太快的夜色
正相互依偎,又
相互仇视

乐队

那一年闹地震
初级中学的上空
经常反复播放哀乐的曲调

孩子们烂熟于心
课间有人试着哼起来
被面色阴郁的老师喝止

下午放学的路上
不知谁起了个头
一群少年齐刷刷地哼起来
尘土飞扬的乡间路上
行进着一支乐队

小雪

没有风、月
爱和忧伤没有来
茉莉、栀子、玉兰、丁香也没有来
你可以试着
隔空喊一喊梨花朋友

可以喊我啊,小雪
你,一声细语
我就在窗前、檐下、林中、旷野

如果你愿意
我就白茫茫一片

大暑

庭院满是白花花的阳光
厢房里侍花的老仆
一只瞌睡的忠犬
胸前的衣襟上有口水的痕迹

药汁,瓷盏温润的白
有别于留洋诗人西服的白
轻微的咳嗽
美人从楼上书房下来
丝绸簌簌低语

大厅阴凉得发寒
留声机无语
月白衫的小红娘满脸担忧
阿福说老爷今晚回府
小姐的病
与前夜的爱情比哪个更重要?

破禅

如果诗魂不作强勉之劳碌
故园何妨有异乡气息?
反复描画的忧愤
谁能够不倦?
江淮间气温曲线与心率相似
一场雪意料之中
雪之大却是意料之外
你有意料之外带来的恍惚
恍惚中确切的认定
那一枝雪后梅花如破禅的妖精
她的笑多么委婉
又多么魅惑

蓝湖

蓝湖餐厅
味蕾如湖面划过闪电

满世界寻找害怕的未来
湖,近在咫尺
因湖而生的文明如悬石
如深渊
沟沟岔岔水深
鱼、拥挤的酒,同一性倾诉

面容姣好的湖蓝色工装
叉手以待
攀附一棵树
故国绝无存疑
"居巢"
可以献身的短暂性理想

鸟儿在高处俯视
语气甚于餐桌上的芥末

再一次精炼
经秋的湖蓝得暧昧
她说过
"离水上岸的鱼才能谈得上私奔"

抱湖

就那么一点点洁癖。抱湖
"整个湖都是破绽"

而,诗歌正在发生

厌世是轻微的;昙花
还是去年的七朵
尚能记得否?
三十冈上黄梅调摇曳生姿

持有的小西天正在蜕变
蝌蚪扔掉了小尾巴;蔷薇
开到哪里就是哪里。
芜湖路斑马线上
行走一头斑纹灿烂的母豹子

谁说深爱的事物无法久存?
湖水填满,春风来信了——

一个颓废男站在梧桐树下抽烟
远远地
看你左手拎一条活蹦乱跳的湖鱼
右手一捆绿凌凌的菠菜

第四辑

问号的丛林

风暴多么美,救活的大海
慢镜头的"鲸落"多么美

世家的宫殿
预设出哈姆雷特,悲情多么美
奥菲莉亚之死多么美

"良辰美景奈何天"
"生者可以死,死亦可生"
惊梦多么美

美是神的容颜?
问号,丛林中的无明
一个又一个肉质的小耳朵多么美!

奥卡姆剃刀

我喜欢剃刀游走在头皮上的沁凉
极简原则
牵涉到情绪化的青年时代
以及自我治疗的方式

奥卡姆的威廉在英伦三岛上说
"他管不住剃刀"
无情的剔除
这世界，恐怕早已骨架无存

事实上我现在用的是电动剃刀
细密的锯齿
正在进行有限的不经意的自我收割
我能肯定这不是自我剃度

怎么有那么多白发落下来？
阳光下哀怨般发亮
似乎我的双手
一瞬间
就剪灭前半生所有多余的时光

石佛寺遗址

佛食香火，是人烟。
豢养信徒，放大的虔诚习惯于排异
五针松下石佛残破
在半明处

寺院多有一部燃烧史
翻阅。石佛仍然可以回到石中
如觉悟
如悲心圆满
如欢喜万物乃佛之根本

我非拜谒者，亦有痴念
而此处此时阳光耀眼
隐秘的心事
瞬间蒸发

不远处，水声止歇
一只手，正将挂壁的百丈瀑布
缓缓抽回

非理性妄断

那块多余的脂肪,瘤?
背弃。是我身体最先衰老的部分

半透明的琥珀,有加工者的印痕
在哪里潜伏了一万年?

手术室,无影灯有无数的复眼
琥珀里潜藏的蚊子无处遁形

寒热、狂躁、癔症
主刀者贴近耳膜的低声呓语

穷人嘲笑穷人时总是更加狠辣
蚊子肚里的血所剩无几,与我相似

半裸,绿色手术台。忘记挣扎
砧板上一条不怎么新鲜的鱼

白鹭与暮色

白鹭与暮色是最具诗意的风景
暮色在水的对面

暮色从一架大山的后面
一点一点包抄过来
警觉的白鹭
一点一点后退
索性,离水展翅一飞

也有白鹭,一点一点
褪尽所有的衣衫,与暮色和解

湖水与密令

鸟鸣中必有密令——湖水的腥味
连同一支折腰的芦苇；
风吹去七分杨絮，水花
溅及第九级石阶，蜜蜂振颤的翅膀
偏转三个丝米——犹如打包
浑然的，不可分之物，竟然是
敞开的；又蓄含了
不可抗的排斥：仿佛水的密闭之于油珠。

从青叶到轻霜，从云到泥
无数次反复的幻觉
这五湖之末的湖光中
孤悬如赤胆；
一瞬间，似瞥见了世间之所以万象。

在京台高速

你早已下了后座
我,仍然和空着的座位
不时说着什么
好像需要一种补充
高速公路像一条黑色缎带
拐上服务区加油时
重启的手机翻了一下白眼
需要终生练习的是
挥刀割袍,瞬间
便能断了念想
唯遗忘者获取隐秘果实
仇与媚互为表里
圣贤皆死,你
想不想对这个世界弯腰?
发动机低吼
游子喧嚣,而母体沉默

承欢与受难

亘古不休的轮作。受难者
黑夜的白发
请抄袭一次死亡从眉梢擦过的
惊悚感,血脉偾张
可为你置换一个全新的躯壳

屈原就这样穿越而来
上一次的跳水,使他名扬天下
他叠好青袍
慢慢换上泳衣
在十米高台上展臂,优雅一跳

为何受难日承欢远非难题?
正如夺走我的轻信
夺走曾经固如金石般的诺言
也非难题

绿竹修身,陶瓷鼓腹
专门店各类宠物用品价格不菲
小区里来来往往的人
为何只与衣冠的禽和兽为友?

模糊的诗性

一颗石子投进湖水——如果
湖水是唐朝,石子
必是诗性的石子;为何
史的断代无误
而今日诗歌之边界却日渐模糊?

石子激起波纹,环形扩展的
波纹,有人以
非线性微分方程式描绘
模糊的诗性命中注定
难以找到一个近义的词句

湖水宏大。芦和荻枯萎的叙事
近乎私密;这两茎
曾经极度美妙的"蒹葭"……
请稍候——
让临湖而生的我
一茎消瘦
一茎,再多一点锈迹

恍惚的奇数

案端的兰花开了三朵
奇数的"三"
带来的恍惚犹如
一日三餐的不可或缺
二人家庭互为偶
小辈降生演化出稳定三角
茅庐须三顾,三人何成虎?
三,真能够衍生万物?
三思为慎行,三省为修身
而君子何等稀缺
三人行不见得有明师
记得举头三尺的神明
领受万众匍匐中的齐颂,却
视我等为蝼蚁草芥
兰花之香须深嗅三次
永别朋友须三鞠躬
三的一侧,无聊的钢琴家
正密集敲击出"π"的无尽尾数
视"三"为货
为佞、为妄、为无明?
恋物成癖的老男孩

深陷于"三"
这空白中的恍惚
徒然一世又一无所知

特克斯河边

夕阳下,特克斯河亮着"银子"
草原朝着雪山收拢

羊群自顾自低头吃草,有人
在远处亮嗓子。我该骑马,戴毡帽

留山羊胡须,娶辫子又大又多的姑娘
这里,谁在意背包的旅人?

一只黑山羊突然抬起头来看我
湿润的双眼,像一个熟人

诸神的黄昏

从猿到人,一路走来
手刃各类种群
何能哀同类之不幸?
原住民大脸盘上饰物星星点点
犹如天象

春潮惶急,文明站在针尖上
江山一再动手术
虚拟世界里
尺子已没有能力
决定长度

问一问你我是谁?
多维空间一堆离散的数据

我只能醉心于一种古老游戏——
一把无名的汉字抛向天空
谓亡魂鸟
亦可谓末世黑鸦

旧我是故交

一张旧照片,是传说吗?
"我",是我擦肩而过的故交
单向的,我知道他的一切
其根其底其心

这不公平。"我"陷在那一刻时光里
徘徊。三十余年过去了
依然是"我"
只能揣测,世界将会发生什么

一切的发生都已发生
"我非旧我汝非汝"
只惊愕于
我之于他的莫名亲切感

我又能够说些什么?

"我",眼中突然的警觉
这脆弱的信任——
人生疑点如污水横流中的死鱼
逐一,浮出水面

大街上的斑马

奔跑的大街上,有
站着睡觉的斑马。一头斑马
不敢睡觉;一群斑马
拥挤出黑与白的停顿,车流
小心翼翼

老人们慢行,儿童
争相攀过脊背
一头外围的斑马突然睁开眼
荒野的警惕
我止步,退出它们的睡眠

一群斑马站着睡觉
没有错误。两旁阔叶林枯去
一群斑马
奔跑的大街升级戒备
蹄声雷鸣
草原大陆朝向空中无限伸展

诗是一个意外

诗什么都不是
诗,只是一个意外

坐标原点的投射
黑暗边缘
微乎其微的小缝隙
一个托词让光线紊乱

紊乱惊动了时间
时间
有了意外
我在缝隙闭合的刹那
恰好
锁定了空间

一只咳嗽的鸟

一只鸟在咳嗽。一只咳嗽的
鸟,我叫不出名字
一只鸟的咳嗽,与我毫无关联

一只鸟在我梦中咳嗽,看到它
小小的肺叶剧烈掀动
不只是"纹理增粗"那样简单
我被自己突如其来的咳嗽
弄醒,又沉沉睡去

现在,有一只鸟死了
草地上一团乱糟糟的羽毛
我的胸口晃悠了一下
轻咳
但它不可能是我的一部分

一只什么样的鸟才会咳嗽?
难道是我的臆想?
它的咳嗽历历在目
一截离开壁虎身体的断尾
正在我书房的一角挣扎着蹦跳

树干上的蚂蚁

一只蚂蚁停下来
一颗大雨点
刚刚砸了它一个趔趄

它敲了敲细长的前腿
停下来
高铁,不只是脑袋里的概念

是谁设计了重力?
让上山的石头不胜其烦
坚果落下来只下不上
树干上蚂蚁上上下下

世间最短的会议是蚂蚁触须
相互点一下
一列蚂蚁
瞬间排成一列"高铁"

蚂蚁的远方,河流至远海
树干的表皮层下
木质部正拼命将水输送至树梢

均分阴阳的面孔

笔尖上滴下来的
是迟疑。滴入一盆清水的墨
会不会重回笔尖?

我确信人类永无修出如此道行的
可能,造物主
从无这样的恩赐
人,可以活在时间之外

每一天我都见证昼和夜的角力
隐形的手,来回拨动
滑杆上的滑珠
一方可以占上风,另一方
永不会倾塌

而我尚未灰心——

每一年我都两次站在平衡点上
春分和秋分。两次
迟疑的机会
均分阴阳的面孔
一半是浓墨,一半是清水

论风景的多重性

沉默挤对着沉默
让风景说话。一只
白鹭俯仰首,优雅仪态
水田重演无计数
这是空中理想主义者
又一次低效抒情

南方水牛未曾见辽阔草原
我见过巨大的海滩
局促。蓝鲸搁浅
那么多救援者束手无策

信息的迅捷性值得赞美
一只南极磷虾
自带微型照明灯
悄悄积存出一笔小额贷款

偏见是一种认定
——致弘一

素食者并不单薄
一袭僧袍有风的形状

是你也罢,不是你也罢
你来,万物皆欢喜
咀嚼一盘青菜如遇珍馐

从镜子中看到
另一面镜子中的你
目光几经转折
向别处
偏见
确是一种认定

又有何不可?
是你,被另一个你认真掩埋

穿过苹果的子弹

就那么一口气。子弹
穿过苹果的一刹那
被高速摄影机固定了下来

穿过的快感
以及,快感之后的空落

而艺术,坚守了自己的立场

我站在苹果一边
苹果,站在子弹一边

不可消除的余数

人类体毛近乎脱尽时,进化出的
幻觉,一次又一次顺延
仿佛不可消除的余数

不可消除。算式、算盘、计算尺
"里奇流""巴拿赫空间"
被绞杀的余数
与投下的影子
相互消费彼此的悲伤

力量在喘息,也在积蓄
难道我们不是活在顺延中?
只有必然。余数
至今仍然是
尽善尽美者里程碑式的失败

从来没有过斩尽杀绝
为何那么多人挤进了与机器的合影?

神的好恶无人知

都有一些旧事
如果从记忆中抠出来
就如同狠命起固执的钉子
有令人牙酸的声音

我们不是神。湮灭是常态
事旧了就该成为死去的一部分
刚刚起出的钉子
披挂着一身新鲜的铁锈
犹如现场的物证

我们无法修补
快散架的过去摇摇晃晃
一回首
便一无是处

我们在明处吞咽酸水
神在暗处，戴着实用主义头盔
清点着一根又一根钉子
他的好恶无人知

论一滴水的宿命

一滴水,鲜如朝露
经溪流、汇长河、入大海不是结束

一滴水被定价,被提起
经管网、滴灌,渗入植物根须
不是结束

酒瓶空。一滴水带着血性
进入腹腔,溶入血液
寄身万物之灵不是结束

升腾至云朵间
一滴水联手寒流
晶莹剔透的六角雪花不是结束

一滴水心如死灰
入幽冥,成寒玉,万年冰窟不是结束

一滴水,无休止

所有的花都叫蔷薇

围墙边的那些花我叫不出名字
索性,它们就是"蔷薇"

"蔷薇、蔷薇我爱你"
这是藏在哪一首歌里的词?

花分雌雄,万物有阴阳
单性、双性,送女性名字又何妨?

"色授魂与,心愉于侧"
花是因实是果;且与我低吟浅唱

开是风光谢是隐逸。蔷薇、蔷薇
我爱你。所有的花我都叫蔷薇

一只蝴蝶的元宇宙

世界只在感官内。数码迁移
肉身衰颓的人喃喃自语

老旧的蓝牙耳机,那边
曾经有一个你
而昨日已死。当下
视镜中多出来的不是闰月

蝴蝶是一个告密者
如果四顾,蝴蝶并不存在
牢笼空空
花任你心开,追杀声形成环流

分身入局可还清夙愿?
现形处受戒
万物皆备。多好的一个梦
真实、完整,绝无断断续续

两个怀疑论者的黄昏
——致余化

被怀疑的传说。祖上的刀
一弯吹毛即断的新月
黄昏的竹林
众人视线外的切磋
如何在"神道无念流"下险胜?

佐证永不嫌多。适当的作料
佐证出熟食气息
暑气未消中
荷叶包回的"王记"卤肚
竹筒打酒高粱香
微光中两条光脊梁汉子

从高处看,尚未亮灯的高楼林立
你我各自城市的暮霭中
浮现各自的现代化
都含有古典诗词意境的反抗

黄昏潜伏诸多未知
胸中装着祖国
多面体,尚有残缺部分的祖国

两个怀疑论者的爱
不安、惶急
又犀角般倔强

李白①最后的三个时辰

午:日中

日至中空,大梦刚醒
李阳冰②府邸别院桂香浓郁
昨日的酒虫
仍在腹中私语
卧室里的圆镜覆满铜绿
犹如我的老旧
无人打理的后院荒草齐膝
一只巨大的蜘蛛
正心无旁骛
廊柱间经营自己的王国
而造酒之神
将所有的容器灌满后
于千年酒窖中隐去

彼时的阳光多么耀目

----

① 李白(701—762),字太白,号青莲居士,又号"谪仙人"。是唐代伟大的浪漫主义诗人,被后人誉为"诗仙"。
② 李阳冰,唐代文学家、书法家。字少温,李白族叔,为李白作《草堂集序》。

夏日烈焰灼烧巨大的长安城
一场暴雨初歇
空中的彩虹犹如上帝所赐之礼
护佑无处不在
我野心蓬勃
以一人之力单挑诸神
蜀道、天姥山、黄河之水
以我昂扬之气
终于建造成胸中巴比塔
我入鬓的双眉如大鹏展翅
高潮已经来临
巅峰，必将显现

任侠？鞘中的剑锋利无匹
"托身白刃里，杀人红尘中"①
而长安非杀人之地
这里的红尘有太多的绮丽
"一枝红艳露凝香"②
华清池高烧不退
清澈的冷泉从一侧绕行而出

---

① 李白诗句，出于《赠从兄襄阳少府皓》。
② 李白诗句，出于《清平调·其二》。

理性消失于遥远的大海
君王之心
虽有玲珑七窍
却被太多的粉脂堵塞
一个盛极的大唐
必将为一位绝世尤物埋单
御花园夜夜人气氤氲
每一片树叶
每一片花瓣
都在暗示枯萎季节的来临

政治伦理拒绝任何遮羞布
臣工们或如鹰隼怒怼
或阿谀之声不绝
皇座之下零碎的权力残渣
点缀晦涩的剧情
从不早朝的主人指胡马为马
白鹿遁于深山
泡沫日日泛起
天生我才
一颗孤星的命运只能是陨落
这金色宫殿有太多的阴郁
弥漫人性之恶的腐臭气息

而我御敌之手
每次,都击在空落的空气中
"一醉累月轻王侯"①
醉草诏书,脱靴,呼之不朝
我的醉相
终成朝中一景

空虚和厌倦时时袭来
而我多么热爱
于山水间瞬间完成语言的伟大错觉
酒神的呼唤那么急迫
醉乡深处
仗剑施展身手的江湖多么迷人
恩与仇的快意
进一步放大了我的天真
醉吧,谪仙人
仙宗十友②均相知
长安陈旧的巷子深处有最好的酒
醉吧,我的落拓坊间皆知

―――――

　　① 李白诗句,出于《忆旧游寄谯郡元参军》。
　　② 仙宗十友,是指初盛唐的司马承祯、李白、孟浩然、王维、贺知章、卢藏用、王适、毕构、宋之问、陈子昂。

以故事下酒的长安人
将一个醉鬼演绎成诗仙
多么不朽的荒唐

时辰已到，我的长安已经失陷

申：日铺

倚石，我就是另一块石头
不会言语的石头
见证了人体和时间的腐烂
而我已腐烂成
田间隔年遗弃的禾秆
注意到手挥彩条的稻草人
风中有意无意的漠视
只频频与鸟雀达成某种协议
这在一定程度上击垮了我
江边与往日无别
白的是鹭鸶，黑的是鱼鹰
白发缁衣的是我

江水蜿蜒向江水
白云铺展向白云

我，仍然延续向自己
用力睁开双眼
一截斜插的乌木
似在迅疾成长
之上缭绕西天边的彩云
脚下浩荡的江水自彼而发
那身披五色
轻舟一日千里的是谁
那手揽两岸青山无尽画卷
赋予大江魂魄的是谁

兄弟如今安然否
孟浩然、良宰，以及
桃花潭的汪伦①
这大江两侧知己高举的杯盏
犹如电影中的蒙太奇
或远或近
时而清晰时而模糊
我无须祷告
长安之外，有那么多我的化身

---

① 均为李白好友。

死水微澜不可一日千里
永王东巡①
出租的是我不甘的入世情怀
当我将神性驱离笔端
就要随愁心一道去夜郎之西
耗尽我的不是狭小的铁窗
那驼背的狱卒
时常将酒罐偷偷置于我的床头
能够猜想到他私下满足的质朴神态
权贵们终于各自登场
演绎了一场
我从来就不熟悉的游戏
我是无语的看客

午后的秋阳颇有温暖之意
当涂,采石矶
破碎山河中安定的一隅
流亡者的家
有挥之不去的毁颓之气

———————

① 永王,即李璘,唐玄宗李隆基第十六子,受封永王,安史之乱时擅自率领水军东巡,攻击多个地方官员,后被杀。时李白入永王幕府,著有《永王东巡歌十一首》。

衰老，如铁球般的加速度
而看不清面目的耳语者
死神的帮凶
竟然一次次温言暗示
似乎这世上
生死亦有通融
这加深了我的沮丧
"唯有死亡，可带来永生"
我无暇思辨哲学的奥义
只一心领受秋阳馈赠的温暖

磅礴的睡意如大帐罩下
蒙眬中似有童声齐诵
那是我早年的诗篇
多么令人慰藉的催眠之声
睡吧，睡神总能战胜诸神
我必须睡去
像一株垂死时
缓缓收拢所有叶片的植物

子：中夜

我不是明月

我是明月的塑造者
空中之月从于胸中之月
月,因我而生
我从来不是一位独酌者

子时的月多么沉静
滤去杂质的光华
这是我的明月
她正最后一次将我唤醒
光华注入我的体内
哦,花白胡须的老仆
扁舟备好了吗
酒,备好了吗
那一袭白袍备好了吗
大江起伏
我在自己的瞳仁中
幻化出无数个我

起风了,碎银的月光在浪尖跳动
我于小舟之上立起
白发倾泻而下
我的白袍大袖依然飘逸
明镜的月中

"我舞影凌乱"①
我以白雪的姿态呈现
我以老精灵的姿态呈现
看哪，一头大鲵
正溯流而上
已将平阔的脊背浮出江面

我曾于醉意中游历海上仙山②
何必要细究
缥缈是合理的
仙山之存在
于我，只是心灵的力量
诗歌的力量
我将捉今夜明月
乘大鲵造访
千里之外的大海
将以足够的潮水相迎
海浪的混响
多像是天地间的一曲交响乐

---

① 李白诗句，《月下独酌四首·其一》。
② 指传说中的仙山瀛洲。李白《梦游天姥吟留别》中有"海客谈瀛洲，烟涛微茫信难求"句。

酒、月色
两股血脉在我体内翻滚
一股滚烫,一股冰凉
它们交汇
犹如伟大的升仙术
我感受到身体的轻盈之气
熏熏然之气
陶陶然之气
我举杯
向自己和凡尘作最后一次道别
那生于海上的仙山
那正于水中相视的无常明月
我来了……

后 记

未尽之意能为诗歌张目。现代诗歌写作者不乏追求意蕴多重、多向甚或"不确定性"。或许,将近十年的重归诗歌写作就是朝向这个目标前行。然而,这个"目标"非射击场上可以近前触摸带有靶心的靶面,它迷糊、飘忽,甚至你找不到它存在的任何证据。但它确实又是一个"存在",是无形之线牵引的纸鸢,是梦魂无可断舍的拘检。

常得朋友的褒扬:勤奋,创作之源不绝。这确实是某种意义上的自觉,是寻求心灵慰藉和对不甘的补偿。我得感谢阿羽和大湄头两个小古怪精灵对脑磁场的时时扰乱,我接受先发兄赠予的就创作愿望而言的"灼热"和"强悍"这两个充满力量的词,但我又深切遗憾于许多作品之于诗性的无效。

一直喜欢诗人陈先发的文字,这个"序",价值在于"论"部分是一篇可以独立存在的精彩诗话,也让我为这部诗集的出版多了些辩解的理由。我似乎说过"好诗人的背后都有强大的诗歌美学体系支撑",果然。

2022 年 5 月